紅樓夢第八十四回

試文字寶玉始提親　探驚風賈環重結怨

却說薛姨媽一時因被金桂這場氣慪得肝氣上逆左脇作痛寶釵明知是這個原故也等不及醫生來看先叫人去買了幾錢鈎藤來濃濃的煎了一碗給他母親吃了又和秋菱給薛姨媽搥腿揉胸停了一會兒畧覺安頓這薛姨媽只是又悲又氣氣的是金桂撒潑悲的是寶釵有涵養倒覺可憐寶釵又勸了一回不知不覺的睡了一覺肝氣也漸漸平復了寶釵便說道媽媽你這種閒氣不要放在心上纔好過幾天走的動了樂得往那邊老太太姨媽處去說說話兒散散悶也好家裡橫竪有我和秋菱照看著靠他也不敢怎麼樣薛姨媽點點頭道過兩日看罷了且說元妃疾愈之後家中俱各喜歡過了幾日有幾個老公走來帶著東西銀兩宣貴妃娘娘之命因家中省問勤勞俱有賞賜把物件銀兩一一交代清楚賈赦賈政等禀明了賈母一齊謝恩畢太監吃了茶去了大家回到賈母房中說笑了一回外面老婆子傳進來說小廝們來回道那邊有人請大老爺說要緊的話呢賈母便向賈赦道你去罷賈赦答應著退出來自去了這裡賈母忽然想起合賈政笑道娘娘心裡却甚寔惦記著寶玉前兒還特特的問他來著呢賈政陪笑道只是寶玉不大肯念書辜負了娘娘的美意賈母道我倒給他上了

個好兒說他近日文章都做上來了賈政笑道那裡能像老太太的話呢賈母道你們時常叫他出去作詩作文難道他都沒作上來麽小孩子家漫漫的教導他可是人家說的胖子也不是一口兒吃的賈政聽了這話忙陪笑道老太太說的是賈母又道提起寶玉我還有一件事和你商量如今他也大了你們也該留神看一個好孩子給他定下這也是他終身的大事也别論遠近親戚什麽窮啊富的只要深知那姑娘的脾性兒好模樣兒周正的就好賈政道老太太吩咐的很是但只一件姑娘也要好第一要他自已學好纔好不然不稂不莠的反倒耽悞了人家的女孩兒豈不可惜賈母聽了這話心裡却有些不

喜歡便說道論起來現放着你們作父母的那裡用我去張心但只我想寶玉這孩子從小兒跟着我未免多疼他一點兒就悞了他成人的正事也是有的只是我看他那生來的模樣兒也還齊整心性兒也還實在未必一定是那種沒出息的必至遭塌了人家的女孩兒也不知是我偏心我看着横竪比環兒好略些不知你們看着怎麽樣幾句話說得賈政心中甚實不安連忙陪笑道老太太看的人也多了既說他好有造化的想來是不錯的只是兒子望他成人性兒太急了一點或者竟合古人的話相反倒是莫知其子之美了一句話把賈母也慪笑了衆人也都陪着笑了賈母因說道你這會子也有了幾歲年

紀又居着官自然越歷練越老成說到這裡回頭瞅着邢夫人合王夫人笑道想他那年輕的時候那一種古怪脾氣比寶玉還加一倍呢直等娶了媳婦纔畧畧的懂了些人事兒如今只抱怨寶玉這會子我看寶玉比他還略體些人情兒呢說的邢夫人王夫人都笑了因說道老太太又說起逗笑兒的話兒来了說着小丫頭子們進来告訴鴛鴦請示老太太晚飯伺候下了賈母便問你們又咕咕唧唧的說什麽鴛鴦笑著回明了賈母道那麽着你們也都吃飯去罷單留鳳姐兒和珍哥媳婦跟着我吃罷賈政及邢王二夫人都答應着伺候擺上飯来賈母又催了一遍纔都退出各散却說邢夫人自去了賈政同王夫人進入房中賈政因提起賈母方纔的話來說道老太太這樣疼寶玉畢竟要他有些寔學日後可以混得功名纔好不枉老太太疼他一塲也不至遭塌了人家的女兒王夫人道老爺這話自然是該當的賈政因着個屋裡的丫頭傳出去告訴李貴寶玉放學回來索性吃飯後再叫他過来說我還要問他話呢李貴答應了是至寶玉放了學剛要過來請安只見李貴道二爺先不用過去老爺吩咐了今日叫二爺吃了飯再過去呢聽見還有話問二爺呢寶玉聽了這話又是一個悶雷只得見過賈母便回園吃飯三口兩口吃完忙漱了口便往賈政這邊来賈政此時在內書房坐着寶玉進來請了安一傍侍立賈政問

道這幾日我心上有事也忘了問你那一日你說你師父叫你講一個月的書就要給你開筆如今筭来將兩個月了你到底開了筆了没有寶玉道纔做過三次師父說且不必回老爺知道等好些再回老爺知道罷因此這兩天總没敢回賈政道是什麼題目寶玉道一個是吾十有五而志於學一個是人不知而不慍一個是則歸墨三字賈政道都有稿兒麼寶玉道都是作了抄出來師父又改的賈政道你帶了家來了還是在學房裡呢寶玉道在學房裡呢賈政道叫人取了來我瞧寶玉連忙叫人傳話與焙茗叫他往學房中去我書桌子抽屜裡有一本薄薄兒竹紙本子上面寫着窗課兩字的就是快拿來一回兒

焙茗拿了来遞給寶玉寶玉呈與賈政賈政翻開看時見頭一篇寫着題目是吾十有五而志於學他原本破的是聖人有志於學幼而已然矣代儒却將幼字抹去明用十五賈政道你原本幼字便扣不清題目了幼字是從小起至十六已前都是幼這章書是聖人自言學問工夫與年俱進的話所以十五三十四十五十六十七十俱要明點出來纔見得到了幾時有這麼個光景到了幾時又有那麼個光景師父把你幼字改了十五便明白了好些看到承題那抹去的原本云夫不志于學人之常也賈政搖頭道不但是孩子氣可見你本性不是個學者的志氣又看後句聖人十五而志之不亦難乎說道這更不成話

了然後看代儒的改本云夫人孰不學而志於學者卒鮮此聖人所爲自信於十五時歟便問改的懂得麼寶玉答應道懂得又看第二藝題目是人不知而不慍便先看代儒的改本云不以不知而慍者終無改其說樂矣方覷着眼看那抹去的底本說道你是什麼能無慍人之心純乎學者也上一句似單做了而不慍三個字的題目下一句又犯了下文君子的分界必如改筆纔合題位呢且下句找清上文方是書理須要細心領略寶玉答應着賈政又往下看夫不知未有不慍者也而竟不然是非由說而樂者曷克臻此原本末句非純學者乎賈政道這也與破題同病的這改的也罷了不過清楚還說得去第三藝

是則歸墨賈政看了題目自己揚着頭想了一想因問寶玉道你的書講到這裡了麼寶玉道師父說孟子好懂些所以倒先講孟子大前日纔講完了如今講上論語呢賈政因看這個破承倒沒大改破題云言於舍楊之外若別無所歸者焉賈政道第二句倒難爲你夫墨非欲歸者也而墨之言已半天下矣則舍楊之外欲不歸於墨得乎賈政道這是你做的麼寶玉答應道是賈政點點頭兒因說道這也並沒有什麼出色處但初試筆能如此還算不離前年我在任上時還出過惟士爲能這個題目那些童生都讀過前人這篇不能自出心裁每多抄襲你念過沒有寶玉道也念過賈政道我要你另換個主意不許雷

同了前人只做個破題也使得寶玉只得答應着低頭搜索枯腸賈政背着手也在門口站着作想只見一個小小厮往外飛走看見賈政連忙側身垂手站住賈政便問道作什麽小厮回道老太太那邊姨太太來了二奶奶傳出話來叫預備飯呢賈政聽了也沒言語那小厮自去了誰知寶玉自從寶釵搬回家去十分想念聽見薛姨媽來了只當寶釵同來心中早已忙了便乍着胆子回道破題倒作了一個但不知是不是賈政道你念來我聽寶玉念道天下不皆士也能無產者亦僅矣賈政聽了點着頭道也還使得以後作文總要把界限分清把神理想明白了再去動筆你來的時候老太太知道不知道寶玉道知

道的賈政道既如此你還到老太太處去罷寶玉答應了個是只得拿捏着漫漫的退出剛過穿廊月洞門的影屛便一溜烟跑到老太太院門口急得焙茗在後頭赶着叫看跌倒了老爺來了寶玉那裡聽得見剛進得門來便聽見王夫人鳳姐探春等笑語之聲丫鬟們見寶玉來了連忙打起簾子悄悄告訴道姨太太在這裡呢寶玉赶忙進來給薛姨媽請安過來纔給賈母請了晚安賈母便問你今兒怎麽這早晚纔散學寶玉悉把賈政看文章並命作破題的話述了一遍賈母笑容滿面寶玉因問衆人道寶姐姐在那裡坐着呢薛姨媽笑道你寶姐姐沒過來家裡和香菱作活呢寶玉聽了心中索然又不好就走只

見說着話兒已擺上飯來自然是賈母薛姨媽上坐探春等陪坐薛姨媽道寶哥兒呢賈母忙笑說道寶玉跟着我這邊坐罷寶玉連忙回道頭裡散學時李貴傳老爺的話叫吃了飯過去我趕着要了一碟菜泡茶吃了一碗飯就過去了老太太和姨媽姐姐們用罷賈母道旣這麽着鳳丫頭就過來跟着我你太太纔說他今兒吃齋叫他們自己吃去罷王夫人也道你跟着老太太姨太太吃罷不用等我我吃齋呢於是鳳姐告了坐丫頭安了盃筯鳳姐執壺斟了一廵纔歸坐大家吃着酒賈母便問道可是纔姨太太提香菱我聽見前兒丫頭們說秋菱不知是誰問起來纔知道是他怎麽那孩子好好的又改了名字呢薛姨媽滿臉飛紅歎了口氣道老太太再別提起自從蟠兒娶了這個不知好歹的媳婦成日家咭咭呱呱如今鬧的也不成個人家了我也說過他幾次他牛心不聽說我也沒那麽大精神和他們儘着吵去只好由他們去可不是他嫌這丫頭的名兒不好改的賈母道名兒什麽要緊的事呢薛姨媽道說起來我也怪臊的其實老太太這邊有什麽不知道的他那裡是爲這名兒不好聽見說他因爲是寶丫頭起的他纔有心要改賈母道這又是什麽原故呢薛姨媽把手絹子不住的擦眼淚未從說又歎了一口氣道老太太還不知道呢這如今媳婦子專和寶丫頭慪氣前日老太太打發人看我去我們家裡正鬧呢

賈母連忙接着問道可是前兒聽見姨太太肝氣疼要打發人看去後來聽見說好了所以沒着人去依我勸姨太太竟把他們別放在心上再者他們也是新過門的小夫妻過些時自然就好了我看寶丫頭性格兒溫厚和平雖然年輕比大人還強幾倍前日那小丫頭子回來說我們這邊還都讚歎了他一會子都像寶丫頭那樣心胸兒脾氣兒真是百裡挑一的不是我說句冒失話那給人家作了媳婦兒怎麼叫公婆不疼家裡上上下下的不賓服呢寶玉頭裡已經聽煩了推故要走及聽見這話又坐了獃獃的往下聽薛姨媽道不中用他雖好到底是女孩兒家養了蟠兒這個糊塗孩子真真叫我不放心只怕在外頭喝點子酒鬧出事來幸虧老太太這裡的大爺二爺常和他在一塊兒我還放點兒心寶玉聽到這裡便接口道姨媽更不用懸心薛大哥相好的都是些正經買賣大客人都是有體面的那裡就鬧出事來薛姨媽笑道依你這樣說我敢只不用操心了說話間飯已吃完寶玉先告辭了晚間還要看書便各自去了這裡丫頭們剛捧上茶來只見琥珀走過來向賈母耳聯旁邊說了幾句賈母便向鳳姐兒道你快去瞧瞧巧姐兒去罷鳳姐聽了還不知何故大家也怔了琥珀遂過來向鳳姐道剛纔平兒打發小丫頭子來回二奶奶說巧姐兒身上不大好請二奶奶忙着些過來纔好呢賈母因說道你快去罷姨太

太也不是外人鳳姐連忙答應在薛姨媽跟前告了辭又見王夫人說道你先過去我就去小孩子家魂兒還不全呢別叫丫頭們大驚小怪的屋裡的貓兒狗兒也叫他們留點神兒儘着孩子貴氣偏有這些瑣碎鳳姐答應了然後帶了小丫頭回房去了這裡薛姨媽又問了一回黛玉的病賈母道林丫頭那孩子倒罷了只是心重些所以身子就不大狠結實了要賭靈性兒也合寶丫頭不差什麼要賭寬厚待人裡頭却不濟他寶姐姐有躭待有儘讓了薛姨媽又說了兩句閒話兒便道老太太歇着罷我也要到家裡去看看只剩下寶丫頭和香菱了打那麼同着姨太太看看巧姐兒賈母道正是姨太太上年紀的人看看是怎麼不好說給他們也得點主意兒薛姨媽便告辭同着王夫人出來往鳳姐院裡去了却說賈政試了寶玉一番心裡却也喜歡走向外面和那些門客閒談說起方纔的話來便有新進到來最善大棊的一個王爾調名作梅的說道據我們看來寶二爺的學問已是大進了賈政道那有進益不過畧懂得些罷咧學問兩個字早得很呢詹光道這是老世翁過謙的話不但王大兄這般說就是我們看寶二爺必定要高發的賈政笑道這也是諸位過愛的意思那王爾調又道晚生還有一句話不揣冒昧合老世翁商議賈政道什麼事王爾調陪笑道也是晚生的相與做過南韶道的張大老爺家有一位小姐說

是生得德容功貌俱全此時尚未受聘他又沒有兒子家貲巨萬但是要富貴雙全的人家女婿又要出衆纔肯作親晚生來了兩個月瞧着寶二爺的人品學業都是必要大成的老世翁這樣門楣還有何說若晚生過去包管一說就成賈政道寶玉說親却也是年紀了並且老太太常說起但只張大老爺素來尚未深悉詹光道王兄所提張家晚生却也知道况合大老爺那邊是舊親老世翁一問便知賈政想了一回道大老爺那邊不曾聽得這門親戚詹光道老世翁原來不知這張府上原和邢舅太爺那邊有親的賈政聽了方知是邢太太的親戚坐了一回進來了便要同王夫人說知轉問邢夫人去誰知王夫人

陪了薛姨媽到鳳姐那邊看巧姐兒去了那天已經掌燈時候薛姨媽去了王夫人纔過來了賈政告訴了王爾調和詹光的話又問巧姐兒怎麼了王夫人道怕是驚風的光景賈政道不甚利害呀王夫人道看着是搐風的來頭衹還沒搐出來呢賈政聽了便不言語各自安歇一宿晚景不提却說次日邢夫人過賈母這邊來請安王夫人便提起張家的事一面回賈母一面問邢夫人邢夫人道張家雖係老親但近年來久已不通音信不知他家的姑娘是怎麼樣的倒是前日孫親家太太打發老婆子來問安却說起張家的事說他家有個姑娘托孫親家那邊有對勁的提一提聽見說只這一個女孩兒十分嬌養也

識得幾個字見不得大陣仗兒常在房中不出來的張大老爺又說只有這一個女孩兒不肯嫁出去怕人家公婆嚴姑娘受不得委屈必要女婿過門贅在他家給他料理些家事賈母聽到這裡不等說完便道這斷使不得我們寶玉別人伏侍他還不彀呢倒給人家當家去邢夫人道正是老太太這個話賈母因向王夫人道你回來告訴你老爺就說我的話這張家的親事是作不得的王夫人答應了賈母便問你們昨日看巧姐兒怎麼樣頭裡平兒來回我說很不大好我也要過去看看呢邢王二夫人道老太太雖疼他他那裡躭的住賈母道却也不止爲他我也要走動走動活活筋骨兒說着便吩咐你們吃飯去

罷回來同我過去邢王二夫人答應着出來各自去了一時吃了飯都來陪賈母到鳳姐房中鳳姐連忙出來接了進去賈母便問巧姐兒到底怎麼樣鳳姐兒道只怕是搐風的來頭賈母道這麼着還不請人趕著瞧鳳姐道已經請去了賈母因同邢王二夫人進房來看只見奶子抱著用桃紅綾子小綿被兒裹著臉皮趣青眉稍鼻翅微有動意賈母同邢王二夫人看了看便出外間坐下正說間只見一個小丫頭回鳳姐道老爺打發人問姐兒怎麼樣鳳姐道替我回老爺就說請大夫去了一會兒開了方子就過去回老爺賈母忽然想起張家的事來向王夫人道你該就去告訴你老爺省得人家去說了回來又駁回

又問邢夫人道你們和張家如今爲什麽不走了邢夫人因又說論起那張家行事也難合偺們作親太嗇剋沒的玷辱了寶玉鳳姐聽了這話已知八九便問道太太不是說寶兄弟的親事邢夫人道可不是麽賈母撈著因把剛纔的話告訴鳳姐鳳姐笑道不是我當著老祖宗太太們跟前說句大胆的話現放著天配的姻緣何用别處去找賈母笑問道在那裡鳳姐道一個寶玉一個金鎖老太太怎麽忘了賈母笑了一笑因說昨日你姑媽在這裡你爲什麽不提鳳姐道老祖宗和太太們在前頭那裡有我們小孩子家說話的地方兒况且姨媽過來瞧老祖宗怎麽提這些個這也得太太們過去求親纔是賈母笑了

邢王二夫人也都笑了賈母因道可是我背晦了說著人回大夫來了賈母便坐在外間邢王二夫人畧避那大夫同賈璉進來給賈母請了安方進房中看了出來站在地下躬身回賈母道妞兒一半是內熱一半是驚風須先用一劑發散風痰藥還要用四神散纔好因病勢來得不輕如今的牛黃都是假的要找真牛黃方用得賈母道了乏那大夫同賈璉出去開了方子去了鳳姐道人參家裡常有這牛黄倒怕未必有外頭買去只是要真的纔好王夫人道等我打發人到姨太太那邊去找找他家蟠兒是向與那些西客們做買賣或者有真的也未可知我叫人去問問正說話間衆姊妹都來瞧來了坐了一回也都

跟著賈母等去了這裡煎了藥給巧姐兒灌了下去只見嗐的一聲連藥帶痰都吐出來鳳姐纔略放了一點兒心只見王夫人那邊的小丫頭拿着一點兒的小紅紙包兒說道二奶奶牛黄有了太太說了叫二奶奶親自把分兩對準了呢鳳姐答應著接過来便叫平兒配齊了真珠氷片硃砂快熬起来自已用戥子按方秤了攙在裡面等巧姐兒醒了好給他吃只見賈環掀簾進来說二姐姐你們巧姐兒怎麽了媽叫我来瞧瞧他鳳姐見了他母子便嫌說好些了你回去說叫你們姨娘想着那賈環口裡答應只管各處瞧看看了一回便問鳳姐兒道你這裡聽的說有牛黄不知牛黄是怎麽個様兒給我瞧瞧呢鳳姐

道你别在這裡鬧了妞兒纔好些那牛黄都煎上了賈環聽了便去伸手拿那銱子瞧時豈知措手不及沸的一聲銱子倒了火已潑滅了一半賈環見不是事自覺没趣連忙跑了鳳姐急的火星直爆罵道真真那一世的對頭寃家你何苦來還來使促狹從前你媽要想害我如今又來害妞兒我和你幾輩子的仇呢一面罵平兒不照應正罵着只見丫頭來找賈環鳳姐道你去告訴趙姨娘說他操心也太苦了巧姐兒死定了不用他惦着了平兒急忙在那裡配藥再熬那丫頭摸不著頭腦便悄悄問平兒道二奶奶為什麽生氣平兒將環哥弄倒藥銱子說了一遍丫頭道怪不得他不敢回來躲了別處去了這環哥兒

明日還不知怎麽樣呢平姐姐我替你收拾罷平兒說這倒不消幸虧牛黃還有一點如今配好了你去罷丫頭道我一准回去告訴趙姨奶奶也省得他天天說嘴丫頭回去果然告訴了趙姨娘趙姨娘氣的叫快我環兒環兒在外間屋子裡躲着被丫頭找了來趙姨娘便罵道你這個下作種子你爲什麽弄潵了人家的藥招的人家咒罵我原叫你去問一聲不用進去你偏進去又不就走還要虎頭上捉虱子你看我回了老爺打你不打這裡趙姨娘正說著只聽賈環在外間屋子裡更說出些驚心動魄的話來未知何言下回分解

紅樓夢第八十四回終

紅樓夢第八十五回

賈存周報陞郎中任　薛文起復惹放流刑

話說趙姨娘正在屋裡抱怨賈環只聽賈環在外間屋裡發話道我不過弄倒了藥錦子灑了一點子藥那丫頭子又没就死了值的他也罵我你也罵我賴我心壞把我往死裡遭塌等着我明兒還要那小丫頭子的命呢看你們怎麽着只叫他們隄防着就是了那趙姨娘赶忙從裡間出來握住他的嘴說道你還只管信口胡唚還叫人家先要了我的命呢娘兒兩個吵了一回趙姨娘聽見鳳姐的話越想越氣也不着人來安慰鳳姐一聲見過了幾天巧姐兒也好了因此兩邊結怨比從前更加一層了一日林之孝進來回道今日是北靜郡王生日請老爺的示下賈政吩咐道只按向年舊例辦了回大老爺知道送去就是了林之孝答應了自去辦理不一時賈赦過來同賈政商議帶了賈珍賈璉寶玉去與北靜王拜壽別人還不理論惟有寶玉素日仰慕北靜王的容貌威儀巴不得常見纔好遂連忙換了衣服跟着来到北府賈赦賈政遞了職名候諭不多時裡面出来了一個太監手裡掐着數珠兒見了賈赦賈政笑嘻嘻的說道二位老爺好賈赦賈政也都赶忙問好他兄弟三人也過來問了好那太監道王爺叫請進去呢於是爺兒五個跟着那太監進入府中過了兩層門轉過一層殿去裡面方是內宮

門剛到門前大家站住那太監先進去回王爺去了這裡門上小太監都迎着問了好一時那太監出来說了個請字爺兒五個肅敬跟入只見北靜郡王穿着禮服已迎到殿門廊下賈赦賈政先上来請安挨次便是珍璉寶玉請安那北靜郡王单着寶玉道我久不見你狠惦記你因又笑問道你那塊玉兒好寶玉躬着身打着一半千兒回道蒙王爺福庇都好北靜王道今日你來沒有什麼好東西給你吃的倒是大家說說話兒罷說着幾個老公打起簾子北靜王說請自己却先進去然後賈赦等都躬着身跟進去先是賈赦請北靜王受禮北靜王也說了兩何謙辭那賈赦早已跪下次及賈政等挨次行禮自不必說

那賈赦等復肅敬退出北靜王吩咐太監等讓在衆戚舊一處好生欵待却单留寶玉在這裡說話兒又賞了坐寶玉又磕頭謝了恩在挨門邊繡墩上側坐說了一回讀書作文諸事北靜王甚加愛惜又賞了茶因說道昨兒巡撫吳大人來陛見說起令尊翁前任學政時秉公辦事凡屬生童俱心服之至他陛見時萬歲爺也曾問過他也十分保舉可知是令尊翁的喜兆寶玉連忙站起聽畢這一段話纔回啟道此是王爺的恩典吳大人的盛情正說着小太監進来回道外面諸位大人老爺都在前殿謝王爺賞宴說着呈上謝宴幷請午安的子来北靜王畧看了一看仍遞給小太監笑了一笑說道知道了勞動他們那

小太監又回道這賈寶玉王爺單賞的飯預備了北靜王便命那太監帶了寶玉到一所極小巧精緻的院裡派人陪着吃了飯又過來謝了恩北靜王又說了些好話兒忽然笑說道我前次見你那塊玉倒有趣兒回來說了個式樣叫他們也作了一塊來今日你來得正好就給你帶回去頑罷因命小太監取來親手遞給寶玉寶玉接過來捧著又謝了然後退出北靜王又命兩個小太監跟出來纔同著賈赦等回來了賈赦便各自回院裡去這裡賈政帶著他三人回來見過賈母請過了安說了一回府裡遇見的人寶玉又回了賈政吳大人陞見保舉的話賈政道這吳大人本來咱們相好也是我輩中人還倒是有骨

氣的又說了幾句閒話兒賈母便叫歇着去罷賈政退出珍璉寶玉都跟到門口賈政道你們都同去陪老太太坐著去罷說著便回房去剛坐了一坐只見一個小丫頭回道外面林之孝請老爺回話說著遞上個紅單帖來寫著吳巡撫的名字賈政知是來拜便叫小丫頭叫林之孝進來賈政出至廊簷下林之孝進來回道今日巡撫吳大人來拜奴才回了去了再奴才還聽見說現今工部出了一個郎中缺外頭人和部裡都吵嚷是老爺擬正呢賈政道瞧罷咧林之孝又回了幾句話纔出去了且說珍璉寶玉三人回去獨有寶玉到賈母那邊一面述說北靜王待他的光景並拿出那塊玉來大家看着笑了一回賈母

因命人給他收起去罷別丟了因問你那塊玉好生帶着罷別鬧混了寶玉在項上摘了下來說這不是我那一塊玉那裡就掉了呢比起來兩塊玉差遠着呢那裡混得過我正要告訴老太太前兒晚上我睡的時候把玉摘下來掛在帳子裡他竟放起光來了滿帳子都是紅的賈母說道又胡說了帳子的簷子是紅的火光照著自然紅是有的寶玉道不是那時候燈已滅了屋裡都漆黑的了還看得見他呢邢王二夫人抿著嘴笑鳳姐道這是喜信發動了寶玉道什麼喜信賈母道你不懂得今兒個鬧了一天你去歇歇兒去罷別在這裡說獃話了寶玉又站了一回兒纔同園中去了這裡賈母問道正是你們去看薛

姨媽說起這事沒有王夫人道本來就要去看的因鳳丫頭為巧姐兒病著就擱了兩天今日纔去的這事我們都告訴了姨媽倒也十分願意只說蟠兒這時候不在家目今他父親沒了只得和他商量商量再辦賈母道這也是情理的話既這麼樣大家先別提起等姨太太那邊商量定了再說不說賈母處談論親事且說寶玉回到自己房中告訴襲人道老太太與鳳姐姐方纔說話含含糊糊不知是什麼意思襲人想了想笑了一笑道這個我也猜不着但只剛纔說這些話時林姑娘在跟前沒有寶玉道林姑娘纔病起來這些時何曾到老太太那邊去呢正說着只聽外間屋裡麝月與秋紋拌嘴襲人道你兩個又

鬧什麼麝月道我們兩個鬭牌他贏了我的錢他拿了去他輸了錢就不肯拿出来這也罷了他倒把我的錢都搶了去了寶玉笑道幾個錢什麼要緊傻了頭不許鬧了說的兩個人都咕嘟著嘴坐著去了這裡襲人打發寶玉睡下不提却說襲人聽了寶玉方纔的話也明知是給寶玉提親的事因恐寶玉每有痴想這一提起不知又招出他多少獃話來所以故作不知自已心上却也是頭一件關切的事夜間躺著想了個主意不如去見見紫鵑看他有什麼動靜自然就知道了次日一早起來打發寶玉上了學自已梳洗了便慢慢的去到瀟湘館來只見紫鵑正在那裡掐花兒呢見襲人進來便笑嘻嘻的道姐姐屋

裡坐著襲人道坐著妹妹掐花兒呢嗎姑娘呢紫鵑道姑娘纔梳洗完了等著溫藥呢紫鵑一面說著一面同襲人進來見了黛玉正在那裡拿著一本書看襲人陪着笑道姑娘怨不得勞神起来就看書我們寶二爺念書若能像姑娘這樣豈不好了呢黛玉笑著把書放下雪雁已拿著個小茶盤裡托著一鍾藥一鍾水小丫頭在後面捧著痰盒漱盂進来原來襲人來時要探探口氣坐了一回無處入話又想着黛玉最是心多探不成消息再惹着了他倒是不好又坐了坐搭訕着辭了出來了將到怡紅院門口只見兩個人在那裡站着呢襲人不便往前走那一個早看見了連忙跑過來襲人一看却是鋤藥因問你作

什麽鋤藥道剛纔芸二爺來了拿了個帖兒說給咱們寶二爺瞧的在這裡候信襲人道寶二爺天天上學你難道不知道還候什麽信呢鋤藥笑道我告訴他了他叫告訴姑娘聽姑娘的信呢襲人正要說話只見那一個也慢慢的蹭了過來細看時就是賈芸溜溜湫湫往這邊來了襲人見是賈芸連忙向鋤藥道你告訴說知道了回來給寶二爺瞧罷那賈芸原要過來和襲人說話無非親近之意又不敢造次只得慢慢踱來相離不遠不想襲人說出這話自己也不好再往前走只好站住這裡襲人已掉背臉往回裡去了賈芸只得怏怏而回同鋤藥出去了晚間寶玉回房襲人便回道今日廊下小芸二爺來了寶玉

道作什麽襲人道他還有個帖兒呢寶玉道在那裡拿來我看看麝月便走去在裡間屋裡書槅子上頭拿了來寶玉接過看時上面皮兒上寫着叔父大人安稟寶玉道這孩子怎麽又不認我作父親了襲人道怎麽寶玉道前年他送我白海棠時稱我作父親大人今日這帖子封皮上寫着叔父可不是又不認了麽襲人道他也不害臊你也不害臊他那麽大了倒認你這麽大兒的作父親可不是他不害臊你正經連個剛說到這裡臉一紅微微的一笑寶玉也覺得了便道這倒難講俗語說和尚無兒孝子多著呢只是我看著他還伶俐得人心兒纔這麽着他不願意我還不希罕呢說着一面拆那帖兒襲人也笑道

只聽寶玉在床上撲哧的一聲笑了爬起來抖了抖衣裳說偺們睡覺罷別鬧了明日我還起早念書呢說着便躺下睡了一宿無話次日寶玉起来梳洗了便往家塾裡去走出院門忽然想起叫焙茗略等急忙轉身回來叫麝月姐姐呢麝月答應着出来問道怎麼又回來了寶玉道今日芸兒要來了告訴他別在這裡鬧再鬧我就回老太太和老爺去了麝月答應了寶玉纔轉身去了剛往外走著只見賈芸慌慌張張往裡来看見寶玉連忙請安說叔叔大喜了那寶玉估量著是昨日那件事便說道你也太冒失了不管人心裡有事沒事只管来攪賈芸陪笑道叔叔不信只管瞧去人都來了在偺們大門口呢寶玉越

發急了說這是那裡的話正說著只聽外邊一片聲嚷起來賈芸道叔叔聽這不是寶玉越發心裡狐疑起来只聽一個人嚷道你們這些人好沒規矩這是什麼地方你們在這裡混嚷那人答道誰叫老爺陞了官呢怎麼不叫我們來吵喜呢別人家盼著吵還不能呢寶玉聽了纔知道是賈政陞了郎中了人來報喜的心中自是甚喜連忙要走時賈芸赶着說道叔叔樂不樂叔叔的親事要再成了不用說是兩層喜了寶玉紅了臉啐了一口道呸沒趣兒的東西還不快走呢賈芸把臉紅了道這有什麼的我看你老人家就不寶玉沉着臉道就不什麼賈芸未及說完也不敢言語了寶玉連忙來到家塾中只見代儒笑

着說道我纔剛聽見你老爺陞了你今日還來了麼寶玉陪笑道過來見了太爺好到老爺那邊去代儒道今日不必來了放你一天假罷可不許回園子裡頑去你年紀不小了雖不能辦事也當跟着你大哥他們學學纔是寶玉答應著回來剛走到二門口只見李貴走來迎著旁邊站住笑道二爺來了麼奴才纔要到學裡請去寶玉笑道誰說的李貴道老太太纔打發人到院裡去找二爺那邊的姑娘們說二爺學裡去了剛纔老太太打發人出來叫奴才去給二爺告幾天假聽說還要唱戲賀喜呢二爺就來了說着寶玉自已進去進了二門只見滿院裡丫頭老婆都是笑容滿面見他來了笑道二爺這早晚纔來還

不快進去給老太太道喜去呢寶玉笑着進了房門只見黛玉挨着賈母左邊坐着呢右邊是湘雲地下邢王二夫人探春惜春李紈鳳姐李紋李綺邢岫烟一干姐妹都在屋裡只不見寶釵寶琴迎春三人寶玉此時喜的無話可說忙給賈母道了喜又給邢王二夫人道喜一一見了衆姐妹便向黛玉笑道妹妹身體可大好了黛玉也微笑道大好了聽見說二哥哥身上也欠安好了麼寶玉道可不是我那日夜裡忽然心裡疼起來這幾天剛好些就上學去了也沒能過去看妹妹黛玉不等他說完早扭過頭和探春說話去了鳳姐在地下站着笑道你兩個那裡像天天在一處的倒像是客一般有這些套話可是人說

的相敬如賓了說的大家一笑林黛玉滿臉飛紅又不好說又不好不說遲了一回兒纔說道你懂得什麽衆人越發笑了鳳姐一時回過味来纔知道自己出言冒失正要拿話岔時只見寶玉忽然向黛玉道林妹妹你瞧芸兒這種冒失鬼說了這一句方想起來便不言語了招的大家又都笑起來說這從那裡說起黛玉也摸不著頭腦也跟著訕訕的笑寶玉無可搭赸因又說道可是剛纔我聽見有人要送戲說是幾兒大家都瞅著他笑鳳姐兒道你在外頭聽見你來告訴我們你這會子問誰呢寶玉得便說道我外頭再去問問去賈母道别跑到外頭去頭一件看報喜的笑話第二件你老子今日大喜回來碰見你又該生氣了寶玉答應了個是纔出來了這裡賈母因問鳳姐

誰說送戲的話鳳姐道說是舅太爺那邊說後兒日子好送一班新出的小戲兒給老太太老爺太太賀喜因又笑着說道不但日子好還是好日子呢說著這話却瞅着黛玉笑黛玉也微笑王夫人因道可是呢後日還是外甥女兒的好日子呢賈母想了一想也笑道可見我如今老了什麽事都糊塗了虧了有我這鳳丫頭是我個給事中既這麼着很好他舅舅家給他們賀喜你舅舅家就給你做生日豈不好呢說的大家都笑起來說道老祖宗說句話兒都是上篇上論的怎麽怨得有這麼大福氣呢說着寶玉進来聽見這些話越發樂的手舞足蹈了一

時大家都在賈母這邊吃飯甚熱鬧自不必說飯後那賈政謝恩回來給宗祠裡磕了頭便來給賈母磕頭跪着說了幾何話便出去拜客去了這裡接連着親戚族中的人来來去去鬧鬧穰穰車馬塡門貂蟬滿座眞是

花到正開蜂蝶鬧　月逢十足海天寬

如此兩日已是慶賀之期這日一早王子騰和親戚家已送過一班戲来就在賈母正廳前搭起行臺外頭爺們都穿著公服陪侍親戚来賀的約有十餘桌酒裡面爲著是新戲又見賈母高興便將琉璃戲屏隔在後廈裡面也擺下酒席上首薛姨媽一桌是王夫人寶琴陪着對面老太太一桌是邢夫人岫烟陪

着下面尚空兩桌賈母叫他們快來一回兒只見鳳姐領着衆丫頭都簇擁着林黛玉來了黛玉略換了幾件新鮮衣服打扮得宛如嫦娥下界含羞帶笑的出來見了衆人湘雲李紋李紈都讓他上首座黛玉只是不肯賈母笑道今日你坐了罷薛姨媽站起來問道今日林姑娘也有喜事麼賈母笑道是他的生日薛姨媽道咳我倒忘了走過來說道恕我健忘回来叫寶琴過來拜姐姐的壽黛玉笑說不敢大家坐了那黛玉留神一看獨不見寶釵便問道寶姐姐可好麼爲什麼不過來薛姨媽道他原該来的只因無人看家所以不來黛玉紅着臉微笑道姨媽那裡又添了大嫂子怎麼倒用寶姐姐看起家來大約是他

怕人多熱鬧嬾待來罷我倒怪想他的薛姨媽笑道難得你惦記他他也常想你們姊妹們過一天我叫他來大家叙叙說着丫頭們下來斟酒上菜外面已開戲了出場自然是一兩齣吉慶戲文及至第三齣只見金童玉女旗旛寶幢引着一個霓裳羽衣的小旦頭上披着一條黑帕唱了一回兒進去了衆皆不識聽見外面人說這是新打的蕊珠記裏的冥昇小旦扮的是嫦娥前因墮落人寰幾乎給人爲配幸虧觀音點化他就未嫁而逝此時昇引月宮不聽見曲裏頭唱的人間只道風情好那知道秋月春花容易拋幾乎不把廣寒宮忘却了第四齣是吃糠第五齣是達摩帶着徒弟過江回去正扮出些海市蜃樓好

不熱鬧衆人正在高興時忽見薛家的人滿頭汗闖進來向薛蝌說道二爺快回去並裡頭回明太太也請速回去家中有要緊事薛蝌道什麼事家人道家去說罷薛蝌也不及告辭就走了薛姨媽見裡頭丫頭傳進話去更駭得面如土色即忙起身帶着寶琴別了一聲即刻上車回去了弄得內外愕然賈母道偺們這裡打發人跟過去聽聽到底是什麼事大家都關切的衆人答應了個是不說賈府依舊唱戲單說薛姨媽回去只見有兩個衙役站在二門口幾個當舖裡夥計陪着說太太回来自有道理正說着薛姨媽已進來了那衙役們見跟從著許多男婦簇擁著一位老太太便知是薛蟠之母看見這個勢派也

不敢怎麽只得垂手侍立讓薛姨媽進去了那薛姨媽走到廳房後面早聽見有人大哭却是金桂薛姨媽赶忙走來只見寶釵迎出來滿面淚痕見了薛姨媽便道媽媽聽了先别着急辦事要緊薛姨媽同着寶釵進了屋子因爲頭裡進門時已經走着聽見家人說了諕的戰戰兢兢的了一面哭着因問到底是合誰只見家人回道太太此時且不必問那些底細憑他是誰打死了總是要償命的且商量怎麽辦纔好薛姨媽哭着出來道還有什麽商議家人道依小的們的主見今夜打點銀兩同着二爺赶去和大爺見了面就在那裡訪一個有斟酌的刀筆先生許他些銀子先把死罪撕擄開回來再求賈府去上司衙

門說情還有外面的衙役太太先拿出幾兩銀子來打發了他們我們好赶着辦事薛姨媽道你們找着那家子許他發送銀子再給他些養濟銀子原告不追事情就緩了寶釵在簾內說道媽媽使不得這些事越給錢越鬧的兇倒是剛纔小厮說的話是薛姨媽又哭道我也不要命了赶到那裡見他一面同他死在一處就完了寶釵急的一面勸一面在簾子裡叫人快同着二爺辦去罷丫頭們攙進薛姨媽來薛蝌纔往外走寶釵道有什麽信打發人即刻寄了來你們只管在外頭照料薛蝌答應着去了這寶釵方勸薛姨媽那裡金桂趁空兒抓住香菱又和他嚷道平常你們只會誇他們家裡打死了人一點事也沒有

就進京來了的如今攛掇的真打死人了平日裡只講有錢有勢有好親戚這時候我看着也是唬的慌手慌脚的了大爺明兒有個好歹兒不能回來時你們各自幹你們的去了撂下我一個人受罪說着又大哭起來這裡薛姨媽聽見越發氣的發昏寶釵急的沒法正鬧着只見賈府中王夫人早打發大丫頭過來打聽來了寶釵雖心知自已是賈府的人了一則尚未提明二則事急之時只得向那大丫頭道此時事情頭尾尚未明白就只聽見說我哥哥在外頭打死了人被縣裡拿了去了也不知怎麼定罪呢剛纔二爺纔去打聽去了一半日得了準信赶着就給那邊太太送信去你先回去道謝太太惦記着底下我們還有多少仰仗那邊爺們的地方呢那丫頭答應着去了薛姨媽和寶釵在家抓摸不着過了兩日只見小厮回來拿了一封書交給小丫頭拿進來寶釵拆開看時書內寫着大哥人命是悞傷不是故殺今早用蝌出名補了一張呈紙進去尚未批出大哥前頭口供甚是不好待此紙批準後再錄一堂能殼番供得好便可得生了快向當舖內再取銀伍百兩來使用千萬莫遲並請太太放心餘事問小厮寶釵看了一一念給薛姨媽聽了薛姨媽拭着眼淚說道這麼看起來竟是死活不定了寶釵道媽媽先別傷心等着叫進小厮來問明了再說一面打發小丫頭把小厮叫進來薛姨媽便問小厮道你把大爺的事

細說與我聽聽小廝道我一那天晚上聽見大爺和二爺說的
把我唬糊塗了未知小厮說出什麼話來下回分解

紅樓夢第八十五回終

紅樓夢第八十六回

受私賄老官番案牘　寄閒情淑女解琴書

話說薛姨媽聽了薛蝌的來書因叫進小廝問道你聽見你大爺說到底是怎麽就把人打死了呢小廝道小的也沒聽真切那一日大爺告訴二爺說說着回頭看了一看見無人纔說道大爺說自從家裡鬧的特利害大爺也沒心腸了所以要到南邊置貨去這日想着約一個人同行這人在偺們這城南二百多地住大爺找他去了遇見在先和大爺好的那個蔣玉函帶着些小戲子進城大爺同他在個鋪子裡吃飯喝酒因為這當槽兒的儘著拿眼瞟蔣玉函大爺就有了氣了後來蔣玉函走

了第二天大爺就請找的那個人喝酒酒後想起頭一天的事來叫那當槽兒的換酒那當槽兒的來遲了大爺就罵起來了那個人不依大爺就拿起酒碗照他打去誰知那個人也是個潑皮便把頭伸過來叫大爺打大爺拿碗就砸他的腦袋一下他就冒了血了躺在地下頭裡還罵後頭就不言語了薛姨媽道怎麽也沒人勸勸嗎那小廝道這個沒聽見大爺說小的不敢妄言薛姨媽道你先去歇歇罷小廝答應出來這裡薛姨媽自來見王夫人托王夫人轉求賈政賈政問了前後也只好含糊應了只說等薛蝌遞了呈子看他本縣怎麽批了再作道理這裡薛姨媽又在當鋪裡兌了銀子叫小廝趕着去了三日後

果有回信薛姨媽接着了卽叫小丫頭告訴寶釵連忙過來看了只見書上寫道帶去銀兩做了衙門上下使費哥哥在監也不大吃苦請太太放心獨是這裡的人狠刁屍親見證都不依連哥哥請的那個朋友也幇着他們我與李祥兩個俱係生地生人幸找着一個好先生許他銀子纔討個主意說是須得拉扯着同哥哥喝酒的吳良弄人保出他來許他銀兩叫他撕擄他若不依便說張三是他打死明推在異鄉人身上他吃不住就好辦了我依着他果然吳良出來現在買囑屍親見證又做了一張呈子前日遞的今日批來請看呈底便知因又念呈底道具呈人某呈爲兄遭飛禍代伸冤抑事竊生胞兄薛蟠本籍

南京寄寓西京于某年月日備本往南貿易去未數日家奴送信回家說遭人命生卽奔憲治知兄誤傷張姓及至囹圄據兄泣告寔與張姓素不相認並無仇隙偶因換酒角口生兄將酒潑地恰值張三低頭拾物一時失手酒碗誤碰顖門身死蒙恩拘訊兄懼受刑承認鬭毆致死仰蒙憲天仁慈知有冤抑尙未定案生兄在禁具呈訴辯有干例禁生念手足冒死代呈伏乞憲慈恩準提證質訊開恩莫大生等舉家仰戴鴻仁永永無旣矣激切上呈批的是尸塲檢驗證據確鑿且並未用刑爾兄自認鬭殺招供在案今爾遠來並非目覩何得揑詞妄控理應治罪姑念爲兄情切且恕不准薛姨媽聽到那裡說道這不是救

不過來了麼這怎麼好呢寶釵道二哥的書還沒看完後面還有呢因又念道有要緊的問來使便知薛姨媽便問來人因說道縣裡早知我們的家當充足須得在京裡謀幹得大情再送一分大禮還可以覆審從輕定案太太此時必得快辦再遲了就怕大爺要受苦了薛姨媽聽了叫小厮自去即刻又到賈府與王夫人說明原故懇求賈政賈政只肯托人與知縣說情不肯提及銀物薛姨媽恐不中用求鳳姐與賈璉說了花上幾千銀子纔把知縣買通薛蝌那裡也便弄通了然後知縣掛牌坐堂傳齊了一干鄰保証見屍親人等監裡提出薛蟠刑房書吏俱一一點名知縣便叫地保對明初供又叫屍親張王氏并屍叔張二問話張王氏哭禀道小的的男人是張大南鄉裡住十八年前死了大兒子二兒子也都死了光留下這個死的兒子叫張三今年二十三歲還沒有娶女人呢爲小人家裡窮沒得養活在李家店裡做當槽兒的那一天晌午李家店裡打發人來叫俺說你兒子叫人打死了我的青天老爺小的就唬死了跑到那裡看見我兒子頭破血出的躺在地下喘氣兒問他話也說不出來不多一會兒就死了小人就要揪住這個小雜種拚命衆衙役吆喝一聲張王氏便磕頭道求青天老爺伸冤小人就只這一個兒子了知縣便叫下去又叫李家店的人問道那張三是在你店內傭工的麼那李二囘道不是傭工是做當

槽兒的知縣道那日屍場上你說張三是薛蟠將碗砸死的你親眼見的麼李二說道小的在櫃上聽見說客房裡要酒不多一回便聽見說不好了打傷了小的跑進去只見張三躺在地下也不能言語小的便喊禀地保一面報他母親去了他們到底怎樣打的實在不知道求太爺問那喝酒的便知道了知縣喝道初審口供你是親見的怎麼如今說沒有見李二道小的前日唬昏了亂說衙役又吆喝了一聲知縣便叫吳良問道你是同在一處喝酒的麼薛蟠怎麼打的據實供來吳良說小的那日在家這個薛大爺叫我喝酒他嫌酒不好要換張三不肯薛大爺生氣把酒向他臉上潑去不曉得怎麼樣就碰在那腦

袋上了這是親眼見的知縣道胡說前日屍場上薛蟠自已認拿碗砸死的你說你親眼見的怎麼今日的供不對掌嘴衙役答應着要打吳良求着說薛蟠實沒有與張三打架酒碗失手碰在腦袋上的求老爺問薛蟠便是恩典了知縣叫提薛蟠問道你與張三到底有什麼仇隙畢竟是如何死的實供上來薛蟠道求太老爺開恩小的實沒有打他為他不肯換酒故拿酒潑他不想一時失手酒碗誤碰在他的腦袋上小的即忙掩他的血那裡知道再掩不住血淌多了過一回就死了前日屍場上怕太老爺要打所以說是拿碗砸他的只求太老爺開恩知縣便喝道好個糊塗東西本縣問你怎麼砸他的你便供說惱

他不換酒纔砸的今日又供是失手碰的知縣假作聲勢要打要夾薛蟠一口咬定知縣叫仵作將前日屍場填寫傷痕據實報來仵作禀報說前日驗得張三屍身無傷惟顖門有磁器傷長一寸七分深五分皮開顖門骨脆裂破三分實係磕碰傷知縣查對屍格相符早知書吏改輕也不駁詰胡亂便叫畫供張王氏哭喊道青天老爺前日聽見還有多少傷怎麽今日都沒有了知縣道這婦人胡說現有屍格你不知道麽叫屍叔張二便問道你姪兒身死你知道有幾處傷張二忙供道腦袋上一傷知縣道可又來叫書吏將屍格給張王氏瞧去並叫地保屍叔指明與他瞧現有屍場親押証見俱供並未打架不爲鬬毆

只依悞傷吩咐畫供將薛蟠監禁候詳餘令原保領出退堂張王氏哭着亂嚷知縣叫衆衙役攆他出去張二也勸張王氏道實在悞傷怎麽賴人現在太老爺斷明不要胡鬧了薛蝌在外打聽明白心內喜歡便差人回家送信等批詳回來便好打點贖罪且住着等信只聽路上三三兩兩傳說有個貴妃薨了皇上輟朝三日這裡離陵寢不遠知縣辦差墊道一時料着不得閒住在這裡無益不如到監告訴哥哥安心等着我回家去過幾日再來薛蟠也怕母親痛苦帶信說我無事必須衙門再使費幾次便可回家了只是不要可惜銀錢薛蝌留下李祥在此照料一徑回家見了薛姨媽陳說知縣怎樣徇情怎樣審斷終

定了誤傷將來屍親那裡再花些銀子一准贖罪便沒事了薛姨媽聽說暫且放心說正盼你來家中照應賈府裡本該謝去況且周貴妃薨了他們天天進去家裡空落落的我想着要去替姨太太那邊照應照應作伴兒只是咱們家又沒人你這來的正好薛蝌道我在外頭原聽見說是賈妃薨了這麼纔趕回來的我們元妃好好兒的怎麼說死了薛姨媽道上年原病過一次也就好了這回又沒聽見元妃有什麼病只聞那府裡頭幾天老太太不大受用合上眼便看見元妃娘娘衆人都不放心直至打聽起來又沒有什麼事到了大前兒晚上老太太親口說是怎麼元妃獨自一個人到我這裡衆人只道是病中想的話總不信老太太又說你們不信元妃還與我說是榮華易盡須要退步抽身衆人都說誰不想到這是有年紀的人思前想後的心事所以也不當件事恰好第二天早起裡頭吵嚷出來說娘娘病重宣各誥命進去請安他們就驚疑的了不得趕着進去他們還沒有出來我們家裡已聽見周貴妃薨逝了你想外頭的謠言家裡的疑心恰碰在一處可奇不奇寶釵道不但是外頭的謠言舛錯便在家裡的一聽見娘娘兩個字也就都忙了過後纔明白這兩天那府裡這些丫頭婆子來說他們早知道不是咱們家的娘娘我說你們那裡拿得定呢他說道前幾年正月外省薦了一個算命的說是很准那老太太叫人

將元妃八字夾在丫頭們八字裡頭送出去叫他推算他獨說這正月初一日生日的那位姑娘只怕時辰錯了不然真是個貴人也不能在這府中老爺和眾人說不管他錯不錯照八字算去那先生便說甲申年正月丙寅這四個字內有傷官敗財惟申字內有正官祿馬這就是家裡養不住的也不見什麼好這日子是乙卯初春木旺雖是比肩那裡知道愈比愈好就像那個好木料愈經斲削纔成大器獨喜得時上什麼辛金爲貴什麼巳中正官祿馬獨旺這叫作飛天祿馬格又說什麼日祿歸時貴重的很天月二德坐本命貴受椒房之寵這位姑娘若是時辰准了定是一位主子娘娘這不是算准了麼我們還記得說可惜榮華不久只怕遇着寅年卯月這就是比而又比刼而又刼譬如好木太要做玲瓏剔透本質就不堅了他們把這些話都忘記了只管瞎忙我纔想起來告訴我們大奶奶今年那裡是寅年卯月呢寶釵尚未說完薛蝌急道且不要管人家的事既有這樣個神仙算命的我想哥哥今年什麼惡星照命遭這麼橫禍快開八字與我給他算去看有妨礙麼寶釵道他是外省來的不知如今在京不在了說着便打點薛姨媽往賈府去到了那裡只有李紈探春等在家接着便問道大爺的事怎麼樣了薛姨媽道等詳上司纔定看來也到不了死罪了這纔大家放心探春便道昨晚太太想著說上回家裡有事全仗

姨太太照應如今自已有事也難提了心裡只是不放心薛姨媽道我在家裡也是難過只是你大哥遭了這事你二兄弟又辦事去了家裡你姐姐一個人中什麽用况且我們媳婦兒又是個不大曉事的所以不能脫身過來目今那裡知縣也正爲預備周貴妃的差事不得了結案件所以你二兄弟回來了我纔得過來看看李紈便道請姨太太這裡住幾天更好薛姨媽點頭道我也要在這邊給你們姐妹們作作伴兒就只你寶妹妹冷靜些惜春道姨媽要惦着爲什麽不把寶姐姐也請過來薛姨媽笑着說道使不得惜春道怎麽使不得他先怎麽住着來呢李紈道你不懂的人家家裡如今有事怎麽來呢惜春也

信以爲實不便再問正說着賈母等回來見了薛姨媽也顧不得問好便問薛蟠的事薛姨媽細述了一遍寶玉在傍聽見什麽蔣玉函一段當着人不問心裡打量是他既回了京怎麽不來瞧我又見寶釵也不過來不知是怎麽個原故心內正自呆呆的想呢恰好黛玉也來請安寶玉稍覺心裡喜歡便把想寶釵來的念頭打斷同着姊妹們在老太太那裡吃了晚飯大家散了薛姨媽將就住在老太太的套間屋裡寶玉回到自已房中換了衣服忽然想起蔣玉函給的汗巾便向襲人道你那一年沒有繫的那條紅汗巾子還有沒有襲人道我擱着呢問他做什麽寶玉道我白問問襲人道你沒有聽見薛大爺相與這

些混賬人所以鬧到人命關天你還提那些作什麽有這樣白操心倒不如靜靜兒的念念書把這些個沒要緊的事撂開了也好寶玉道我並不鬧什麽偶然想起有也罷沒也罷我白問一聲你們就有這些話襲人笑道並不是我多話一個人知書達理就該往上巴結纔是就是心愛的人來了也叫他瞧着喜歡尊敬啊寶玉被襲人一提便說了不得方纔我在老太太那邊看見人多沒有與林妹妹說話他也不曾理我散的時候他先走了此時必在屋裡我去就來說着就走襲人道快些回來罷這都是我提頭兒倒招起你的高興來了寶玉也不答言低着頭一逕走到瀟湘館來只見黛玉靠在桌上看書寶玉走到跟前笑說道妹妹早回來了黛玉也笑道你不理我我還在那裡做什麽寶玉一面笑說他們人多說話我插不下嘴去所以沒有合你說話一面瞧着黛玉看的那本書書上的字一個也不認得有的像芍字有的像茫字也有一個大字旁邊九字加上一勾中間又添個五字也有上頭五字六字又添一個木字底下又是一個五字看着又奇怪又納悶便說妹妹近日愈發進了看起天書來了黛玉嗤的一聲笑道好個念書的人連個琴譜都沒有見過寶玉道琴譜怎麽不知道爲什麽上頭的字一個也不認得妹妹你認得麽黛玉道不認得瞧他做什麽寶玉道我不信從沒有聽見你會撫琴我們書房裡掛着好幾張

前年來了一個清客先生叫做什麼嵇好古老爺煩他撫了一曲他取下琴來說都使不得還說老先生若高興改日攜琴來請教想是我們老爺也不懂他便不來了怎麼你有本事藏着黛玉道我何嘗眞會呢前日身上畧覺舒服在大書架上翻書看有一套琴譜甚有雅趣上頭講的琴理甚通手法說的也明白眞是古人靜心養性的工夫我在楊州也聽得講究過也曾學過只是不弄了就没有了這果眞是三日不弾手生荊棘前日看這幾篇没有曲文只有操名我又到別處找了一本有曲文的來看着纔有意思究竟怎麼弾得好寔在也難書上說的師曠教琴能來風雷龍鳳孔聖人尚學琴于師襄一操便知其

爲文王高山流水得遇知音說到這裡眼皮兒微微一動慢慢的低下頭去寶玉正聽得高興便道好妹妹你纔說的寔在有趣只是我纔見上頭的字都不認得你教我幾個呢黛玉道不用教的一說便可以知道的寶玉道我是個糊塗人得教我那個大字加一勾中間一個五字的黛玉笑道這大字九字是用左手大拇指按琴上的九徽這一勾加五字是右手鈎五絃並不是一個字乃是一聲是極容易的還有吟揉綽注撞走飛推等法是講究手法的寶玉樂得手舞足蹈的說好妹妹你既明琴理我們何不學起來黛玉道琴者禁也古人制下原以治身涵養性情抑其淫蕩去其奢侈若要撫琴必擇靜室高齋或在

層樓的上頭在林石的裡面或是山巔上或是水涯上再遇着那天地清和的時候風清月朗焚香靜坐心不外想氣血和平纔能與神合靈與道合妙所以古人說知音難遇若無知音寧可獨對着那清風明月蒼松怪石野猿老鶴撫弄一番以寄興趣方爲不負了這琴還有一層又要指法好取音好若必要撫琴先須衣冠整齊或鶴氅或深衣要知古人的像表那纔能稱聖人之器然後盥了手焚上香方纔將身就在榻邊把琴放在案上坐在第五徽的地方兒對着自己的當心兩手方從容抬起這纔心身俱正還要知道輕重疾徐卷舒自若體態尊重方好寶玉道我們學着頑若這麼講究起來那就難了兩個人正

說着只見紫鵑進來看見寶玉笑說道寶二爺今日這樣高興寶玉笑道聽見妹妹講究的叫人頓開茅塞所以越聽越愛聽紫鵑道不是這個高興說的是二爺到我們這邊來的話寶玉道先時妹妹身上不舒服我怕鬧的他煩再者我又上學因此顯着就踈遠了是的紫鵑不等說完便道姑娘也是纔好二爺既這麼說坐坐也該讓姑娘歇歇兒了別叫姑娘只是講究勞神了寶玉笑道可是我只顧愛聽也就忘了妹妹勞神了黛玉笑道說這些倒也開心也沒有什麼勞神的只是怕我只管說你只管不懂呢寶玉道橫豎慢慢的自然明白了說着便站起來道當眞的妹妹歇歇兒罷明兒我告訴三妹妹和四妹妹去

叫他們都學起來讓我聽黛玉笑道你也太受用了卽如大家
學會了撫起來你不懂可不是對黛玉說到那裡想起心上的
事便縮住口不肯往下說了寶玉便笑着道只要你們能彈我
便愛聽也不管牛不牛的了黛玉紅了臉一笑紫鵑雪雁也都
笑了于是走出門来只見秋紋帶着小丫頭捧着一小盆蘭花
來說太太那邊有人送了四盆蘭花来因裡頭有事沒有空兒
頑他叫給二爺一盆林姑娘一盆黛玉看時却有幾枝雙朶兒
的心中忽然一動也不知是喜是悲便呆呆的獃看那寶玉此
時却一心只在琴上便說妹妹有了蘭花就可以做猗蘭操了
黛玉聽了心裡反不舒服回到房中看着花想到草木當春花

鮮葉茂想我年紀尚小便像三秋蒲柳若是果能隨願或者漸
漸的好來不然只恐似那花柳殘春怎禁得風催雨送想到那
裡不禁又滴下淚來紫鵑在傍看見這般光景却想不出原故
來方纔寶玉在這裡那麼高興如今好好的看花怎麼又傷起
心来正愁着没法兒勸解只見寶釵那邊打發人來不知何事
下回分解

紅樓夢第八十六回終